Il Libro Senza Nome.

Questo è una specie di libro magico.
Questo, ed altri, libri contengono anche qualche
errore. Vuoi di accentazione, vuoi di forma poetica,
vuoi di assonanza od assonazione.
Contiene parole nemanco contenute sul dizionario
informatico.

Il Luverat:
Luverat: Demone.
Sembrerà strano agli uomini
il fatto che se mai troveranno salvezza …
… sarà da un Demone: Luverat.
Luverat: Non nato, nascerà, forse, un giorno.
Voi, che avete dato uno sguardo
ai Versi d'Orrore …
saprete certo di quale Mostro
si parli in quelle vicende,
del nemico da sconfiggere.
… gli Angeli … i Demoni … gli Uomini …
Chi compie in vero le nefandezze più orride?
Le storie? Le religioni? Gli umani?
Forse gli ultimi …

Ben presto tornerà il Mostro
darà nuova luce all'orrore,
ma arriveranno forse i Demoni, i Salvatori.
E parrà strano agli uomini, forse,
che la salvezza giungerà soltanto da loro.
Luverat:
Colui, che fece strage in duello.
Senza morire né uccidere.
Dove la Guerra è solo di Ares,
e non è influenzata né dal volere di Zeus
né da quello di Ade.

Il Mostro …
medita già su come darti la fine
che pensa tu meriti,
perché sei umano.
Il Mostro pensa solo all'estinzione,

il Mostro in questo anche secondo Luvgar,
Lersoche, Lerosche e 'l Luverat ha ragione.
Il Mostro non si limita a pensarci,
ma agisce in merito, e il Mostro,
è un Mostro che ha in mano molto, molto potere.
A nulla, servirebbe l'intervento di un qualsiasi dio,
perché sono gli umani ad aver creato il Delirio.
Non tutti, ma pochi.
Il Mostro, è il primo fra i pochi.
E se il "Mostro" fosse Hitler?
D'altronde il Mostro non è un uomo
e tanto quanto un umano
non potrà mai per gli umani
essere pericoloso.
E seguire questo precedente discorso
per me non è cosa da poco …

Vuole semplicemente Ammazzarvi,
farvi tutto quello che di peggio possa farvi,
smembrarvi, in pasto agli squali gettarvi,
osservarli: mentre dilaniano i vostri cadaveri,
mentre si cibano dei vostri scheletri.
Senza darvi i minimi allarmi
di ciò che sta progettando.

Da anni nel mondo è un Omicida per Gioco,
e attende il momento buono
per compiere il suo ultimo atto:
Iniziare l'Inverno Atomico …
Dare in pasto a iene tremende ogni superstite.
Se mai superstite vi possa essere,
perché pare che nessuno potrebbe sopravvivere
a ciò che ha in mente e medita …

Nulla di Comico … Non farebbe ridere
nemmeno le iene peggiori,
in branchi e su sfondi
di scenari post-apocalittici.
Dopo che tramonta l'ultimo Sole visto e veduto
da un qualcosa di vivo nella Galassia, nell'Universo
Conosciuto.

Il Mostro:
Storie che nessuno sa fino infondo,
come molte altre, del resto, non parliamone …
Il Mostro, diede al mondo
i peggiori campi di sterminio.
Diede al mondo ogni tipo di supplizio
Venne, lui, un giorno …
stabilì regole su chi possa o non possa vivere al
Mondo …
E ciò dovrebbe far riflettere …
… almeno un secondo …
E fu proprio in quei Giorni, che Luverat,
11
Si mise a Ridere del Mostro e sì, anche degli uomini e
le donne …
d'altronde lui si è creato Demone, nato Caduto per
sconfiggere gli Angeli.
… Pensando a Semplici Fantasmi, che straziano i
Vampiri peggiori,
pensando alle sue proprie vittorie in duelli senza
sangue, né dolori.
Senza corpi, vasi sanguinei, centri nervosi.
Luverat … nel giorno in cui decise che Morte,
non avrebbe più influito su di Lui.
E si lasciò andare …
In un viaggio fra la nascita come caduto
e la perdizione di Satana, nato Celeste,
nelle Fiamme poi Declinato.
L'uva divina data da mangiare ai ratti …

In un'estate troppo calda
per fornirne in dibattiti.
Fu così, che Luverat, percepì gli intenti del Mostro:
Conquistare il Mondo, per darlo al Delirio Cosmico
…
Per quanto fosse infondo ininfluente per egli
e per i suoi compari
la sorte degli umani e del Mondo …
Sebbene forse compari suoi
manco ve ne fossero mai stati,
… pensò che gli uomini dovessero andare avanti …
… in modo ininfluente …
Anche se egli stesso,
sorrideva alle Odi al Nulla Cosmico.
Sebbene della salvezza degli umani
non ne sentisse il bisogno benché minimo …

A dirla tutta, pensò alle persone che fanno fatica per
sopravvivere,
si dotò di un pensiero un secondo:
pensò al giorno in cui sarebbe forse nato.
E declinò, pensò che la Fine era una cosa Sacra,
infondo,
ma da lasciare nelle Mani di Sorat, colui che sta nel
Sole Oscuro. Forse del Fato, forse di Dio.
E pensò che non v'è Mostro, Vampiro, Demone, che
possa darsi così tanto
a creare orrori e scempio, in vero.
Non in falso.
E decise andasse spento.

Quando esplode una bomba atomica
è come se morisse una fenice …
Fra mille anni forse una Fenice Risorgerà,
forse un'altra.
Il Punto è che per un secondo:
il progetto fu un altro:
il progetto, fu:
La Fine della specie umana sul Mondo.
Costruita, studiata, indotta.
Dannato sia il Mostro.
Tutto ciò proseguirebbe in un discorso unico,
non fosse che il Demone di Luce,
era già nato in Terra
e correva già il Nuovo Millennio
da almeno poco più di dieci anni …

Le Parole di Luce:
"Non c'è concetto, c'è solo l'illusione del dubbio, in
ciò che è Luverat.
Non c'è un vero, perché: non centra nulla nel fatto,
Luverat.
non è mai esistito.
Luverat, io forse fui un tuo compagno,
ma nemmeno lo ricordo,
figuriamoci l'esserne certo …
e ti dimentico,
tanto pare che tu di me ti sia dimenticato
già da Tempo.
Del resto io non centro,
non ero ancora al Mondo.
Indi per cui, Luverat, se mai verrà il tuo ritorno un
giorno, amico,
tu questo Ricordalo,
sempre concepiendo che io sarò già Morto,
passato dal tuo unico padrone Morte,
intanto, ora, io Vivo …
e zittisco qualsiasi demone, dio o illusione
datami dal vuoto in cui anch'io sono.
E riguardati, non sciuparti,
che nella Vita,
ci si sciupa già da sé,
non Tormentarti.
Ora io Guardo un Tramonto,
rispondo che il Mostro è stato fermato,
è stato freddato, ucciso, annientato.

Non so se mai ne ritornerà un altro,
un altro mostro …
ma intanto proseguo il mio …
… percorso.

Mentre penso alla gente qui intorno:
Vedo che la gente se ne sta sulle sue qui …
a nessuno qui intorno frega niente quasi di nulla,
non so come spiegare.
Ma d'altronde è giusto così, va bene così. Qui.
Chissà in qualche altra parte del globo …
Comunque qui, non lo può nemmeno sapere nessuno,
noi ci facciamo la Nostra Vita, è nuova Luce, in
questa vita mia.
Demone di Luce,
ritornato da una nube fatta di fumo tossico,
ove stringe la vita solo un dannato scarafaggio,
per poi morir di fame forse,
od in assenza di ossigeno da respirare.
Luverat … io mi sento un "non-luverate".
Mi dispiace ma …
non abbiamo aspettative per voi altri,
dovete darvela da voi stessi l'aspettativa
non so se condanno, ma ci scuserete.
noi qui, non pensiamo così tanto
a quel che sarà fra un secolo,
figurarsi a quel che sarà fra un miliardo di anni.
A noi ne rimangono nemmeno tanti, di quelli.
E stammi bene, riguardati … stammi."

Caduto dal sonno
Mi sveglio in un mattino di Luglio
Un piovoso Martedì e umido.
Questo è quanto: non medito.
Non si riflette in giro,
fra due bottiglie di birra incastrato
come "se era" il giorno buono
incastrato da un cartone.
Qui, in questo paese c'è solo il cimitero,
le città, dei paesi se ne fottono,
i paesi, se ne fottono dei Paesi,
non ci esistono più le Nazioni
figurarsi se si entra nei giardini di noi altri,
ed al limite dei nostri vicini,
che se fossero un caso isolato,
potremmo addirittura deridere.
E sta al Fato decidere,
c'è il Destino sopra ad ogni cosa, a prescindere.
Il Caso, sta sopra di Noi,
e forse è un fatto
per scaricarci di dosso le colpe nostre del fatto
che non abbiamo nemmeno pensato
di poter avere la nostra parte, a riguardo.
Quando scenderà la nebbia,
sapranno tutti loro cosa li stava aspettando,
entrò il primo d'un traguardo, poi venne il secondo,
poi, non so io quanti dopo, l'ultimo.

Nella Notte più Oscura: (i buoni consigli del

demone di Luce)
"Nella Notte più Oscura, ricorda:
non v'è mostro che non si possa sconfiggere, non
c'è orrore più nero che quello fatto nel passato, e
pensare al futuro, vivere, perché è duro,
o almeno lo può essere, lo può forse diventare.
Non odiare, non temere, non aver paura,
non sentirne mai gli allarmi.
Scendi a patti, scendi a patti con il Mostro,
torna a pensare fosse opera del Demonio,
mentre il Demonio pensava solo a sé stesso,
mentre il demonio nemmeno esisteva infondo.
Lo sai cos'ho capito?!?
Che può succedere,
può essere che va tutto in cenere,
e tutto tace o parla dopo,
ma è infondo ininfluente,
parlarne o tacere,
in confronto al passato del fatto,
è nulla di niente.
E perdonami, perdonami se non mi va di parlar del
Mostro,
perdonami se i miei trip, voglio passarli in modi
diversi,
in altri mondi, dimensioni; convinti, che voi ci
scusiate,
se non siamo al momento disponibili per nuovi
scenari d'Horror,
chissà che interpretandoci male un giorno non tornino,

indi per cui, diffidate,
arrivateci prima degli altri negli istanti dei
camposanti.
Non fate siano interessanti, scritti più insanguinati e
sanguinanti,
di altri, più ben descritti pure e meno imbarazzanti.

Il discorso è che ci piace la Stazione Centrale,
quella dove arrivano e vanno un sacco di treni,
Inno a Satana, in una mattina piovosa di maggio.
Duemiladodici, dopo che la fine del Mondo,
pare non si sappia se abbia da venire,
con lo scarto del dubbio
di altri cento anni,
in cui potrebbe succedere tutto.
Serpe o tarantola, temi chi hai da temere,
riferisciti al dovuto attimo.
Mamba, cobra, vittima del veleno delle forze Buie,
Aliena, aliena la mente dal Male, sciacqua il pensiero.
Fa che sia un desiderio.
Ade, dio dell'Oltretomba.
Luverat, voleva portare Anarchia negli Imperi
se non altro per quanto riguarda quelli abitati dai
Fuochi Fatui …
Allegri Fantasmi.
“E noi, noi pensiamo che chi è Nato Demone
ha ben altro e più e diverso diritto
di chi è diventato un Mostro …”
“Noi, noi pensiamo che Ade non avrebbe mai dovuto
occuparsi degli affari di Ares,

pensiamo avrebbero dovuto farlo, piuttosto, le Muse.
Non che siano elle toccate da tali cose …"
"E non v'è altra Luce che porta il nome di Demone",
non c'è Danaro, che possa illuminare sì'tanto le
Tenebre,
e non è stato soltanto uno, bensì molti,
rivoltosi come Luce, colui che parla anche agli zombi.
Anche se la realtà dei fatti è che
Ares i propri affari li ha lasciati agli umani,
ha fatto dei suoi affari
una cosa ch'è un loro affare,
nel quale né Dio né gli Dei
abbiano poi da entrare.
Logicamente, relativamente al Reale.
Non basta, per me il Relativismo
è una filosofia signora, almeno a volte,
relativamente al fatto che "sempre" è un assoluto,
infondo,
non è così molto razionale e non è un semplice bivio,
ma un labirinto, mille strade che si incrociano.
Con fare agnostico, vivo questi momenti,
come se relativamente a quel che faccio,
al sentiero che decido di percorrere,
cambi addirittura il mio Destino,
di maledetto ingrato, nei labirinti come errante,
il mio cammino.

Incide Luce:
Incide una dimensione astratta di un dato di fatto,
esprime in un contratto,
tutta l'anima di un paesaggio,
tutte le sue figure,
assaggi di un Oltre Orrore,
che termina in ogni Dove,
dove le porte si aprono al Terrore,
a quello di perdere la propria vita,
e lasciate stare i mostri ora,
non v'è storia che non vada finita,
ma quando si parla della vita, infondo,
non si tratta di giocare una partita,
non è una sfida, né una puttanata …
non almeno una sfida a chi pensa che dando il peggio
al peggior modo
sia il segreto per vincere;
"se arrivi a 'sti punti: suicidati, tanto dai, sai già che
sei finito!" (e intendo ai punti del Mostro … speronon
dei vostri …)
E "arrivaci", caro Luverat, che tu nasca Ottimo,
o Pessimo, nel Fato coi suoi gradini.
Spiriti, anime del fuoco annebbiano nel mondo i
tramonti,
segnano bianchi nuovi orizzonti
su retroscena rossi, arancioni e blu scuro:
come prima di ogni notte.
Prima delle notti.
Potrebbero essere le ore 17:00, nel tuo tempo,

potrebbe non essere mai, dicono sarà così, io non lo
so,
ma comunque ne sono certo:
se faccio una cosa la faccio col pensiero aperto.

Se devo, io … dissento, e percepisco cosa abbia da
venire,
sto sul nascere attento a prevenire,
ma a volte non ci riesco, a volte mi sconfiggono.
Io indietreggio, "ne ricorderò la prossima volta", mi
dico speranzoso
che ricordarmene cambi qualcosa, dovesse riaccadere
in futuro.

Insomma è che …
Insomma è che …
Affronto un Mondo che sa di Caos,
un mondo che fatica a trovare il giusto equilibrio,
come i funamboli, che a volte cadono,
ma infondo sono Nati Caduti, e non ci pensano,
non se lo pesano.
Ed è in Eterno, ho capito che redimermi non è la mia
strada,
penso che si arrivi al punto di non ritorno,
e lo dico da mezzo zombi quale io sono.
Affronto, una vita annegata nell'alcol, rivolto ogni
morto,
sconvolgo il Cosmo con la mia voce in Note Mute,
spengo il Fuoco delle Comete, in Macerie Medievali
Oscurate.
Percepire che ci sono dei Funghi,
che possono portarti in luoghi bui e umidi,
non è un fatto da poco,
usarli pure, è da rimasto, da leso, illuso,
pensavi ti si fosse improvvisato tutto quanto,
hai mostrato interesse, lo hai rimpianto.
Ora affronti quella stessa percezione
ancora e di nuovo nel dubbio,
di quello che pensavi fosse un monito, un vero,
assoluto assaggio dell'ultimo atto.
La metti tutti i minuti in dubbio.
Dannato ricatto, che avevi fatto a te stesso, potevi
rimanerci secco,

schifoso, stupido … io ti stimo, ma posso farlo
soltanto io, di fronte hai un mondo di persone, che
non ti stimano per un cazzo,
hanno altro da fare, non pensano a te,
non fai parte del loro paesaggio.
Intanto io, cazzeggio,
tu continua coi tuoi lamenti in versi,
io quei pezzi li ho momentaneamente persi,
e non che non possano ritornare.
Per colpa del Dio o del Diavolo,
già qualcuno mi ha dato tanto pensiero da volerlo
uccidere,
nel reale.

Tolleranza portata allo zero:
Giusto! Tutto ha un limite anche quando si parla di tollerare,
tollerare la marijuana, tollerare le droghe,
tollerare i film horror, tollerare i peggio gialli,
tollerare il film più pulp o quello più gotico, in zona medievale che parla all'orrido,
tollerare che si possa dire tutto, ma proprio tutto,
ma che ci sia un limite a quello che si possa e non si possa tollerare,
nella realtà, nel nostro vivere comune, libero, dove è libero solo chi sa rispettare …
Ho messo uno spazio per farti riflettere ora …
… sull'ultima cosa che ho scritto.

In particolar modo, ti parlo della zona più centrale,
dove arriva il fischio di un nuovo aliante pronto a decollare,
sta sempre attento a ciò che stai per fare
e per quanto la vita,
ti possa aver dato anche delle brutte mazzate,
non fare cose di cui ti possa poi pentire,
e sta a sentire, io ti voglio bene, tu però non mi morire,
tieni duro, non mollare,
molla le visioni d'orrore, se pensi.
Pensa ad una vedova nera
e temila, se hai cara la vita,
temi la stricnina, te stesso e chi ti può trarre in

inganno,
facendotela fare in vena.
E questi sono solo i retroscena, della scena
underground,
metropolitana o dei villaggi, ma drogata,
oserei chiamarla vera.
In una sola serata è già andata persa una vita,
che dico, una?!? Sono ben di più …
Rifletti sul significato di una borchia,
e poi indossala, ma non farne una cosa di cento giorni
su cento,
ricorda il tormento, ricorda il tramonto, rifletti e
pensaci,
stai attento a tutto quello che ti circonda,
fiuta il pericolo dietro ogni vicolo,
sai che non potrai mai oltrepassare il fiume da sponda
a sponda
perché qui si sta parlando di acqua tossica.
Quindi rifletti e affronta quello che ti si para davanti,
pondera, fosse un branco di 12 ratti affamati di
spazzatura,
fossero quattro uomini neri drogati, che ti hanno
appena coinvolto in una compravendita di droga finita
in rapina.
Dove hanno rapinato Te e i tuoi bravi compagni, i
miei buoni consigli,
il fatto che devi lasciarli dormire i conigli,
il fatto che non ci siano moniti
ma solo Errori Monolitici.

Da ste parti dicono: "Ripigliati" … sì insomma "…
svegliati!!!"
Pare che dormi da 36 ore, che ti si appena ripreso
dopo 28 giorni passati a viaggiare,
26 dei quali passati a stare male,
sembri come imbottito di effetti collaterali di
psicofarmaci,
intossicato da un mese di e da quella merda,
sono cazzate, bevute come la birra,
come un buon whisky e un buon tiro di cocaina,
magari dopo averne fumata una grammata lavata con
ammoniaca (o freebase bicarbonate/water).
Parlandone coi tuoi soci della storia, ma in gergo,
e non ne fai una cosa da momento vissuto,
bensì tu pensi alla droga,
che nella vita di un drogato, a volte è la prima cosa,
infondo, io, preferisco trastullarmi con una vita da
Hippy,
in barba ad i Mostri, se non ti va bene la cosa
costringimi,
denunciami, dì che io non sono uno dei tuoi,
di che io non scrivo o parlo e penso sempre
all'omicidio.
Uffa, abbi pietà di me, l'horror lo conosco io,
tu, impegnati col Ritorno, preparati ad Incarnarti in un
Umano.
Tu, Luverat, non sei vivo, io sì,
pensa, un giorno sarò anche morto,
anzi morto già lo sono,

di sicuro già lo sarò un giorno.
Infondo io ho da pensare alla droga,
quella mi soddisfa, non la Guerra,
Mi interessa il Buon Vino, d'altro canto ho sempre
sostenuto
che degli affari di Ares debba occuparsene Bacco
piuttosto che Ade,
o se vuoi Dioniso, ma non Morte.
Morte lasci a Marte gli affari di Marte, insomma …
Non lui, Morte, come infondo è,
per volere del Fato.
Non che questo non influisca sulle anime o sui corpi.
Ma vedi … abbiamo altri problemi, fra dosi, partite a
poker definite "esagerate",
rime di tragedie preannunciate, ritmi da osceni
bastardi in cerca di quiete.
E non rispondete, se non sapete più cosa dire,
il cervello lo potete usare anche per stare ad ascoltare,
lasciate fare, dite di portarmi da bere al cameriere, sta
sera pago io per te.
Anzi io ho già dato troppo in passato,
d'altronde ho dato tutto nei miei primi 17 anni di vita,
mi sono perso in un Venerdì di Novembre fra le
stalagmiti, in una grotta.
ho sentito come se mi nascesse una stigmate
e ho pensato: "cazzo Dio, ti prego Fermati, io mi
Vergogno di quel tuo Simbolo …"
Ci sono stati momenti in cui ho creduto che facesse
diventar furbi

Odorare i fumi tossici dei solventi o della colla,
altri momenti in cui ho amato l'odore del kerosene e
della benzina,
altre ancora ho odorato in una boccetta di popper …
che delirio … bello schifo …
odor alcolico che da alla testa, plastica
come il calore nel cuore che non ti basti ma …
… forse è che "ti basta.".
O forse non l'ho mai pensato quello,
che ne so, io il passato ormai l'ho dimenticato,
ho davanti solo il presente ed il futuro,
non so quale dei due o se entrambi
abbiano un tragitto poco chiaro,
e quasi non so più, di nuovo, in che anno siamo,
e cazzo, mentre lo dico sembra che me ne vanti,
ma in realtà non me ne vanto mica; è solo che
sono un gran bastardo, o forse la vita mi ha
imbastardito.
La realtà è che è da un mese, che mi sento
rincoglionito.
E mi do un tono Bucolico, almeno quanto Publio
Virgilio.
Anzi direi, più che altro: caotico,
in un suono torrido, acerrimo,
irto, spinoso, nefasto.
Affrontato con fare apatico,
vivendo come se la spina fosse già di per sé staccata,
per non pensarci troppo,
infondo meglio tentare di morire di fame

che continuare all'ufficio delle poste di Bukowski.
E, ok, ricordati, io sono un Demone,
il mio nome è Luce,
e questi sono i miei consigli,
quindi curati, riguardati,
se mai pensassi un giorno di non farcela più ad andare
avanti,
pensa a chi è toccato di passarsela ben peggio che a te,
e non rinunciarci, tanto la Morte aspetta tutti, sempre,
non c'è vivo che vi scampi, forse nemmeno fra i
morti. "

Qui il Demone di Luce dopo una specie di monologo
fatto in preda a visioni e all'effetto di droghe …
risultando talvolta sì tanto sensato nei discorsi che
faceva, talvolta completamente senza un filo logico.
Qui, dicevo, chiuse il discorso, i suoi buoni consigli
… per il momento …

Nella Notte più Oscura II: (le prossime lettere di Luce)

"Nella Notte più Oscura ricordalo: non vederti come già dato alle Tenebre,

il Sole ha sempre da Risorgere, ha da Risorgere la Fenice,

fino a che non sarà stanco Sorat, ricorda.

Non darti sconfitto a prescindere, ma sappilo, tutti perdono a volte.

Non è per dirti, Luverat, o chi per esso, ma non è che ora come ora io pensi,

almeno adesso come adesso, finalmente,

sto pensando che il pensiero l'ho mandato in stand bay

anche se non l'ho spento, penso che non lo spegnerò mai,

fino al giorno in cui sarò morto, ma non ci penso.

Penso che è quasi sera, che domani sarà di nuovo giorno,

penso che mi fumerò l'ennesima canna, e penserò a trovarne un'altra.

Infondo, io devo stare al mondo, devo pensare a comprare la birra quasi tutti i giorni, devo pensare al vino, al cibo, al tè con i biscotti, e allo yogurt.

Ascolto il Rap Italiano, ma non solo quello,

ho avuto amici che sognavano di diventare davvero qualcuno … dipingendo sui treni,

qualcuno forse c'è arrivato,

ma non penso qualcuno di loro.

Non è facile, non si trova tutto per la strada,
né si ottiene sempre tutto subito,
a volte inventi un personaggio di un giallo a
settant'anni.
E qualcosa fai,
della tua arte qualcosa rimane, forse,
ma prima magari avevi anche altro a cui pensare,
altre cose da fare,
pensare al vino, alle sigarette,
a farti uno spino e uno spinello.
Il Bambinello, sembra non sia mai manco nato,
ma, infondo, non sembra mai sia nato Ercole.
Dici. Dici?!? Non so, vedo Falci.
Intanto l'Anticristo non si sa bene né chi sia stato,
né se mai stato esso sia.
Poi ci sono io … ci sei tu, Luverat.
E abbiamo cose diverse da fare noi due,
siamo come due buoni amici che però non si vedono
quasi mai.
Come se fossimo stati amici 50 anni fa,
ma soprattutto come se due amici non li saremo Mai.
D'altronde tu forse nascerai, io già sono nato, non so
che t'aspettavi, se mi leggi e sei nato
se t'aspettavi chissà cosa, man, mi sa che forse
t'hanno fatto fesso.
Tanto, senti me, è lo stesso,
infondo tu vinceresti, come io ho vinto.
Se poi ti illumini, ti crogioli, nel tuo essere un non
nato,

di non esistere, bhè stacci, qui infondo andiamo avanti
lo stesso,
e andremmo avanti allo stesso modo se tu fossi qui
con noi.
Il Demone di Luce porta bene, fa di un Canto
d'Orrore un Buon Canto,
e non che un demone non sappia essere un pessimo
carnefice. "
*Anzi, in vero, il Demone di Luce il discorso lo chiuse
qui ...*

Il destino di certi miei files:
Quel che spero, adesso come adesso, quale sia il
destino di questo scritto,
spero sia di congiungersi ad "il Mio Caos in Versi",
anche come limite, per il suo Delirio.
Non che non mi appassioni di più il Luverat, contiene
molti meno veleni.
Ma infondo quell'altro, è un capitolo già concluso,
per aprirlo, bisogna riaprilo, e sarebbe tutto ancor più
confuso.
Entro in altri tipi di discorsi, faccio quel che posso
fare per te, amico,
ti do il mio parere ma non ti guido.
Non ti giudico, nemmeno.
Come sempre, ti consiglio di: "fare come vuoi …
tanto poi lo faresti lo stesso",
e se mai fosse che medito, medito solo per ciò che mi
da che pensare,
ringraziando il Dio o il Diavolo perché nessuno mi da
che pensare
tanto da ucciderlo,
o pensare di farlo sul serio,
nemmeno ne ho il desiderio.
E me ne fotto, di Ogni Cancello che verrà distrutto, io
nuoto e mi tuffo,
nel Mare Aperto io mi ci butto
e non ho paura né dell'acqua salata, né delle correnti
sotto lo specchio.
E il Sole vi si riflette,

mentre c'è chi mi corregge e chi mi legge.

L'Araba Fenice:
Sicuro che la Fenice torni dalla Morte,
torni al Fuoco, alla Vita, dalla Cenere.
Il punto è che tu, io, non siamo una fenice,
io sono un uomo, un umano.
So soltanto quello.
A volte mi convinco che io sia davvero un Demone,
che io sia Luce, come dentro un videogioco,
ma poi sento il male delle bruciature.
Vedo le cicatrici, risorgo e mi ristoro,
manco fossi Wolverine, o uno dei suoi simili …
La realtà è che io d'esser solo un uomo,
lo so da dentro, lo so sempre, lo so da sempre.
Sono però così fottutamente realistico talvolta, però,
che non so più nemmeno io cosa credere …
Quindi tante volte, penso che se io sto scrivendo,
è solo ciò che mi ha dettato Luverat, un Demone.
D'altronde io sono Luce, porto anime alla Pace, sono
Quiete.
L'Araba Fenice, sta risorgendo,
ci vorranno altri mille anni forse,
ma tornerà, nel Mondo.
*… e anzi … il demone di Luce non aveva ancora finito
… forse …*

C'è del losco:
La gente, ovviamente, vive la propria vita,
e va avanti, sia finita quando sia finita.
Vaneggiano …
provato mai a scrivere una canzone rap?
Chiaro, non sentirti Eminem, semmai vieni da
Bologna, ma infondo è che vaneggiano … tutti.
Se non altro a volte …
C'è gente che dice di unirsi al branco,
di bere whisky in classe ed aspettare che la prof entri
con il mitra,
per farsela che amica.
Il discorso è che se mai mi troverai
è più facile tu mi trovi ad una festa organizzata da un
rapper di quelli qualunque,
che non ad una festa di laurea.
E quindi non ho molto da dire in merito,
però c'è del losco, perlomeno lo spero forse.
Anche perché questa è la storia di un Demone,
di Luverat, colui che un giorno, se mai e poi mai
nascesse,
sarà dopo morto il vero Arcidemone.
Andate tutti al Diavolo, io, io mi sdebito,
se ho da pagare, segna che pago,
tanto se si parla dell'Inferno,
ho solo dubbi in quantità,
soprattutto sul perché non sia anch'io un ateo.
Sta di fatto che mentre c'è gente che sogna
di avere la partita a tennis almeno una volta al mese

…
Io, io me ne sbatto il cazzo,
di te che il massimo traguardo che hai è di vestire
Gucci,
e mi arrangio, stringo una cosa chiamata Mike come
fosse un serramanico,
e vado avanti, mi armo, armo i miei vocaboli,
e non soltanto quello …
… io i vocaboli li ispiro,
li impregno di un vento che sa di Caos,
di un Grandissimo Casino.
E qui l'autore pensò … "madonna mia che pezzo …"

Sai cosa?
Di norma ci sono cose che puzzano,
che sanno come di un morto
che sta li da 10 giorni, magari,
un po' putrido.
C'era uno zombi una volta,
era diverso dagli altri,
lui, lui e pochi altri,
poteva ancora pensare,
poteva … guardare.
Poteva osservarti e ricordarsi.
Oh sì, quello zombi aveva dei veri e propri ricordi.
Sapeva di essere un non morto, di essere già morto,
sentiva odore dal suo corpo,
sapeva che quella sorte, infondo, l'aveva rimandata di
poco.
C'è chi dice "Amen!" e si volta, non ci pensa.
Non era la gloria del Demone Luce, bensì dello
zombi.
Oh sì, mentre i suoi più similmente simili,
passavano giorni e notti in preda ai propri lamenti
vuoti e inutili,
cercando l'odor chi di carne, chi sangue umano o di
bestie nei dintorni,
per buttar giù qualcosa nello stomaco.
"Che se fosse poi stato di un umano … neanche a
parlarne",
un odore troppo orrido,
da far venire voglia di vomitare anche a lui, che aveva

ancora dei ricordi …
Ma infondo lui, aveva i Demoni … non ci pensava,
agli uomini,
pensava: "un pasto pericoloso da procurarsi, in scene
che solo in un branco, cosa che io non conosco
nemmeno, infondo, siccome gli altri zombi come me,
in giro, non ricordano più nulla, non capiscono,
nemmeno le vedono le cose, anzi le vedono, ma se ne
dimenticano subito.
Ma quale istinto, vanno avanti solo per l'inerzia che i
batteri radioattivi hanno indotto in loro, punto."
E aggiunse:
"E sta pur certo, Luverat, io di queste cose me ne
intendo … tu? Tu manco mai sei nato, proprio come
dice il Demone di Luce."
Fu in quel dunque, che il Demone di Luce, rise di
Luverat,
anche se la risata fu ben diversa da quell'altra,
fatta da Luverat nei confronti del Mostro.
Si ma in vero, sono altre vicende quelle,
il discorso è che di voglia, il Demone di Luce non ne
ha più,
non sa cosa scrivere, né che dire,
forse ha già parlato ben troppo, ma dopotutto:
Come si può far parlare Luverat stesso in questo
scritto,
se Luverat nemmeno è mai nato, se nemmeno esiste.
Certo, si è affidato al Demone di Luce, ma tutto ha un
prezzo,

e solo Luverat, potrà pagarlo, lasciando il debito o in
anticipo.
D'altronde, ci sono anche questioni più che
economiche,
nelle vite degli uomini.
Dando la caccia ai debiti di gioco, per la droga, per la
merce,
Sapendo che proprio non piovono i crediti.
E c'è la Crisi,
stando attenti e avanti, a fare rate.
Yo, e fate rate, se by-passate tutte le entrate.
Quindi, giusto per tornare in tema:
"Organizzati, cerca di distinguerti, ama la vita ma non
lasciarti a fingere.
Cerca di darti un tono, se pensi che sia il giorno
buono,
ma fallo soltanto in quei momenti, e non lasciare che
sia un tono
a guidare i tuoi sentimenti ed il resto,
dopotutto tu saprai già bene a cosa mi riferisco,
oh sì, mi riferivo,
e ricordalo: io Sono il Demone di Luce, porta rispetto,
paga il conto.
Luverat, tu pensavi di venire al Cosmo, così, tutto
bello rinvigorito,
Gagliardo, come fossi una Fenice che Risorge dalla
Cenere,
come se fossi un Grifone di Fuoco …
La realtà è che la realtà sta stretta a tutti o quasi,

i discorsi vanno fatti bene e con un senso,
anche se giochi con le rime sciocche;
con le consonanze più a scacchi;
avendo a che fare con le fiere più abbiette …
e … intendimi … o forse ho già parlato troppo,
aspettati comunque un futuro un po' nel dubbio."

Ma il Mostro …

Giusto … il Mostro.

Dove eravamo, pare che ci sia qualcosa che non ne vuole più parlare.

Ha ragione, non è questo il luogo, non sono io la persona giusta,

forse sono una di quelle più sbagliate per farlo.

Forse è per questo che bisogna comunque parlarne, almeno qui,

nel Luverat.

In zona Luverì, in un piovoso maggio, antecedente la data della fine del mondo.

Il Mostro …

Giusto per giocare, avrebbe fatto di te un massacro,

e sì, c'era anche gente che conoscevi …

Per me ti avrebbe appeso, infilato dei chiodi nelle braccia e nelle mani,

riempito più e più volte di bastonate e poi lasciato lì … a marcire …

… ad imputridire, a diventare cibo per le mosche e i vermi che si devono nutrire.

Giusto un poco, giusto perché non condivideva il tuo discorso comodo e/o scomodo.

C'è da ringraziar che il Mostro è da un pezzo che è morto …

e non va poi sempre a tutti di entrare tanto in merito alle puttanate di vicende più orripilanti e squallide …

Scusate se condanno.

Bhé, volle armarsi,

volle prenderti e legarti,
volle spararti,
farti fucilare da un plotone di soldati
già destinati ad esser un giorno da lui stesso
ammazzati.
Bruciare della mattanza gli scarti.
E quindi io medito, mi chiedo se il delirio,
sia che lieto, quando è costruttivo, insomma,
quando si delira su una cosa per farsi una risata, una
bestemmia,
ma non uno sterminio, dotato di foraggio pubblico.
Lieve discrepanza in un concetto Economico,
che fa di un Campo di Lavoro, un buon posto,
dove vivere giorni felici, lavorando,
e morendo un giorno, essendo il proprio avanzo, in un
forno.
Che ne so, fra tutto il peggio, c'è pure questo, nel
Mondo:
gli zombi nazifascisti, i luridi carnefici.
E non v'è Luce, che possa raccontar che cosa li è
successo,
non v'è Luce …

... pensò dunque quello zombi:
E qui occorre precisare che quello zombi
avente ancor pensieri nel suo cranio,
non ha a che fare con quegli altri, i nazifascisti.
"Mentre i vostri figli sedicenni si stanno drogando,
i miei, hanno già perso i genitori …
e sì, si drogano,
ma sono più sfortunati … "
Già, "quello zombi pensò",
che uno zombi pensi
ha già dell'unico,
uno e pochi altri stronzi.
… indubbiamente dei poveri stronzi …
Ma fu li che qualcuno lo fermò …
Disse: "Basta, tu hai rotto,
c'è gente che è già fantasma,
ci sono tutti gli altri zombi.
Non continuare con questo discorso,
tu, tu uomo … quel che ne resta …
hai un dono! E prova a negarlo, ormai,
che sei preso ad essere un cosciente non-morto …"
"… e se i tuoi figli ti interessassero così tanto:
proveresti a riallacciare tu un rapporto con loro,
anche se sei uno zombi …"
Già … quel tipo …
Però non sapeva bene cosa significasse "essere uno
zombi" … e lì qualcun altro pensò: "Ahaha … povero
… figurarsi l'essere uno zombi che capisce tutto
quanto …"

Non so, qualcuno dice di metterci una linea,
di aspettare, aprire un nuovo orizzonte,
un tocco a quei termini barricati, messi in posizione
come in una Legione.
L'Orda, l'Orda Caotica … cosa non fece, in tempi
Oscuri …
Si è parlato per secoli, di zombi capaci di pensare che
vagano per i più sperduti villaggi,
poi si è smentito tutto.
Tutto.
Ricordo ancora quando, fu lo spirito di un Morto,
ad unirsi agli Occhi del Demone di Luce.
A mostrarsi, mentre Luce era Prostrato.
Fu Dante, sommo poeta cosmico.
Colui che visse a Dite, condannato poi dall'Ira di
Luce.
Non disse molto, ma fu insistente e tanto,
andò avanti per un bel pezzo,
forse quattro anni, forse meno, forse più,
fatto è che io non dimentico, non tutto almeno.
Oh sì, istigava, dava sfogo ai peggiori sentimenti,
vien voglia di dir fosse quasi un sadico.
Aveva degli ideali, indubbio,
qualcuno dice che fossero affogati, annullati in un
bagno di sangue causato da crociati.
Ma io penso fossero nefandezze di quel tempo,
in un buio Medievale dove non esiste Santo.
O meglio, i Santi esistevano allora,
ora, sono solo caramelle,

poi io, io ti parlo di un Demone,
e di quello spirito, non ho più notizie da tempo,
come mi sono dimenticato di Luverat,
del fuoco che torna in gioco
ma solo per uccidere.
Torna alla Luce per quanto tu l'abbia dato alle
Tenebre,
sente l'odor del sangue, sa cos'è l'atroce, e ti segue.
Ci sono le droghe, voi ve le fate, per pagarvele fate
rate, e amen.
Noi? Noi tali rate già le abbiamo fatte,
siamo ancora qui a pagarle …
E non piegatevi, siate voi stessi sempre, se poi volete
averla almeno un poco vinta … non illudetevi di aver
già vinto. In ogni caso, datevi.
Ripigliatevi, se vi dovete proprio ripigliare,
io non mi compiangerei, non piango da qualche anno,
e non mi cambierei, senz'altro,
non poi in quello, che è cosa da poco, infondo.
Direi di stare attento a non contaminare il tuo sangue,
mantienilo puro, tu che pensi puro di avercelo,
non sbatterti, e cambia idea se puoi,
perché il sangue puro non ce l'hai,
non c'è proprio il sangue puro in giro,
le impurità, sono ovunque e se devono
contaminano l'ossigeno.
Per cui non sfotterti, non farti sfottere e non sfotterli,
anzi non sfottere proprio nessuno.
Io, già sai che ti sto fottendo, t'ho fottuto sempre,

e tu non puoi farci proprio un tubo perché la cosa
cambi.
Quindi vai avanti, pensa a te stesso, non a me o a tutti
quanti.
Cambia i versi, reimposta i canti,
la scuola è più che una rogna,
ma c'è gente che se n'è andata dalle università
per fare il figlio dei fiori
… certo … tu almeno lavori …
Bhè sì, un lavoro comunque bisogna anche averlo,
del resto chi non hai mai lavorato al mondo …
… ma giusto un paraculato e paraculo, ma di brutto,
magari un rampollo …
Gran Pollo … storco il naso se penso a me e ai miei
cazzi,
quando sento parlare di figli e figlie di miliardari in
euro, ed intrallazzi.
Fra vari intrallazzi.

D'altronde ...
D'altronde qui siamo nel Luverat,
dove non hai certezza mai di niente,
dove devi aver paura pure dei fantasmi.
Dove tutto quello che pensavi sia già stato scritto,
esce di sé e lo fa di botto,
in modo che ci rimani di stucco,
tu, fesso.
Evito la depressione se devo,
e intanto scrivo, porto voce a un mondo che parla di
se stesso, infondo.
Chiudo sul nascere.
Adesso starete qui a dire che sto uno schifo, e infondo
ci sto, lo dico sempre anch'io.
Ma intanto ascolto il rap, e ho un qualcosa simile ad
un cammino.
Roba che ti accinge il capo con alloro ed ulivo,
ma poi ti perseguita per 40 anni, non fosse che
infondo ti chiami Luce,
e che dopo un po', chiedi supporto a Lucifero,
prendi in mano le chiavi dell'Inferno,
entri in modo di lusso, come uno che lo ha sempre
servito,
semmai occorresse.
Quasi, in parte, come se si parlasse
di essere un satanico
non di un satanista,
satanico, vuol dire "di satana", oserei dire un oggetto
... anche un impossessato è satanico?!?

Satanista è chi di Satana è servo, magari gioca a fare
le sette e i sacrifici, magari anche umani, chi sa non vi
sia qualche mostro …
Essere satanico a volte potrebbe voler dire esser
vincolati a Satana da delle catene …
… rifletticì … magari saresti potuto nascere
demone…
Quindi ricordalo, prova conforto, quando pensi a certi
lati di me,
perché potrebbero stupirti, lasciarti di stucco. E questo
assorbilo …
Quindi, io e te, con la faccia di chiunque, diciamo solo
panzane,
Bhè, forse tu qui hai ragione, almeno in parte,
perché qui ci sei tu,
e potresti essere uno di quelli che non capiscono un
cazzo,
e cazzate potreste dirne assai,
fra i due, giusto tu.
Insomma, io vaneggio, non puoi dire che dico
panzane,
semmai sono panzane accomodate.
Sai cosa? Forse siamo due cazzari che sparano cazzate
Forse li siamo entrambe,
ma forse nessuno dei due.
O forse ancora … mi sa che la risposta esatta è questa:
li siamo entrambi, a volte …

E qui fu che ...
Qui, anzi quivi, fu che ...
Che qualcuno s'intromesse, e disse:
"Tu? Tu ciocchi, sei pazzo, lo sai pure tu ..."
... manco si trattasse dell'Ombra che Processa sé
stessa ...
"Io?", rispose qualcun altro,
e quell'altro: "Sì sì, proprio tu!", anzi fu un: "tu
proprio."
Parve istantanea la risposta del secondo:
"Io? Io non ho niente da dire in merito, è come il
discorso dello zombie che capisce le cose che gli
succedono intorno.
E infondo tu sai già che ti zittisco se voglio, ma
invece sto zitto."
"E poi sì, io sono pazzo, ma non lo dico io, lo dicono
i medici ... "
"Quindi tu, taci, che a me ci penso io, e al massimo
loro, speriamo poco,
e poi tu, nemmeno sai le cose,
non sai di cosa parli,
ne sai meno di uno psichiatra sano di mente che non
ha mai assunto in vita sua un mezzo psicofarmaco.
Tu sei come il re dei mocciosi,
che si fa scudo dietro al re dei codardi,
io, io ho avuto a che fare con gli zombi,
c'è un mio amico che con gli zombi c'è riuscito a
concludere un discorso sensato,
e tu, tu perdi ancora il moccio dal naso,

o in un altro caso, potresti essere un mezzo vecchietto,
uno di quelli col raffreddore per 18 mesi all'anno …"
"Detto anche "Coso!" uno che non ne hai mai
abbastanza,
e mai potresti farne a meno,
uno che lo vuoi sempre qui con te,
mentre io provo a metterci l'anima
e te nemmai ti accontenteresti né ti accontenti,
quindi fottiti, anzi … vai a farti fottere,
ma che ti fottano di brutto,
che ti fotta qualche mostro,
anzi no, che ti fotta il Mostro,
tanto tu vai bene giusto con uno come Lui,
torna indietro, passa dal sangue e poi portami qui il
conforto,
quello che hai trovato li,
e poi lì tornaci. Salutameli."
A quel punto, ma proprio a quel punto,
il Demone di Luce sorrise … era forse felice?
Felice … cose che mai …
Vabè, tanto un giorno forse … d'altronde …
La speranza dicono sia l'ultima a morire,
almeno quella frase fatta gliel'hanno lasciata …
buona per tutti, forse giusta per nessuno …
Infondo, infondo il Demone di Luce sapeva bene
quello che stava facendo.
Sapeva che infondo non stava facendo niente,
dava solo sfogo ad un gioco,
fatto perché resti tale,

in modo ben attento,
che qualcosa in quel gioco non cambi,
che diventi troppo pericoloso
nei secondi di vita sua reale.
Del resto la sua anima ha carburante.
Quindi rimane ben sveglio, mentre sta facendo niente,
mentre non lo sta facendo, anzi, mentre niente pensa
di farlo.
Ma invece fa qualcosa, anche perché qualcosa si fa
sempre,
almeno se ti va di respirare,
sennò lasciati andare,
va a spirare,
si insomma …
… non vorrei dirlo ma …
Muori …

Riposa in Pace …

Anzi ...
Anzi, riprenditi, riapri gli occhi e rileggimi, lasciati
andare, poi vai allo specchio e fallo pure, baciati.
Nella vita io, non ho ancora dato un cazzo, l'ho capito
troppo tardi forse,
ma almeno l'ho capito, ora vivo, affronto un mondo
che sa di Caos,
ma la Confusione non è il Demone peggiore che puoi
incrociare,
e come il Demone di Luce direbbe adesso: "Ricordati
... potresti incappare nel peggior Mostro." ...
Del resto vai avanti augurandoti che ciò non avvenga
mai ...
... abbia mai io da confrontarmi ...
... già ... ma rimane il dubbio, la ... confusione?!?
Io metto benzina sul fuoco che da energia alla mia
vita,
quello forse l'ho sempre fatto,
del resto la mia vita è in un'anima,
con tutto ciò che la contamina.
E vivo, affronto questo Mondo, che sa di Caos,
come se mi sentissi di ritorno dalle Tenebre.
Non è il fatto di farsi bello agli occhi di un Demone,
ben speranzosi che maledetti o dannati noi non
saremo mai,
ma tu, prova a dirmi quando,
prova a dirmi quando.
Quando prova rispetto per te
addirittura un Demone?

Dipende, Luce, il Demone, direbbe:
"Mai, anche perché sei un umano …
… c'è da dire che non sei proprio come il Mostro,
ma infondo io manco ti vedo, tipo … io non ci sento
…
Mi volto, ti dico Amen, Nema, Yama,
e poi guardo avanti,
per quanto ho messo in conto
che potrei non arrivarci
al tempo che mi sta davanti.
La verità è che l'Umanità, secondo me, sta
affondando.
Tanti bei discorsi sulle eoliche,
e poi saltano in corto le centrali nucleari …
… ma non pensarci, tu, va avanti!"
E questo è ciò che il Demone di Luce direbbe a
riguardo,
parendo quasi certamente forse un logorroico, un
logorroico amante del monologo.
Ma, sono certo,
anzi forse certo non lo son neanche troppo,
che in mezzo a tanti bei discorsi che hanno fatto quei
tizi,
qualcosa si capisca, in tutto ciò che si capisce poco,
logicamente …
Anche perché qui si ricordano tipo delle rime a
rivoltella,
che sono una spinta per ogni Mc,
E Mo', mo', adesso, intendo …

… Adesso sono qui parlare di quanto la vita sia o non
sia bella?!?
Sì certo, ma non soltanto quello,
e poi infondo ho parlato anche abbastanza di tutt'altro,
considerando che la vita bella e/o non bella la è in
certi momenti per tutti,
chi più chi meno.
Un Verso che si stacca dalla Strofa,
in segno di rispetto per i vari lutti.
Ho dato tutto …
Non ho che iniziato, e già sono distrutto,
già ti ho distrutto, già ti distruggerò sempre,
e già ancora non ti ho tolto il saluto …
ah … ti ho sempre distrutto …
E sono comico, sì comico,
comico lo divento per non parlare del Mostro, aka:
cose che comicamente non mi oso nemmeno io.
Non perché non so che già potrei farlo,
ma proprio perché già il "farlo": non mi sembrerebbe
giusto,
mi sembra come se si sorridesse di disgrazie altrui, di
quelle pesanti …
E scusami, man, se avverto che ho perso un solo verso
Per dirti qualche cosa … non che tu non capisca il
discorso,
ma già te, di sicuro, ti sei già perso più di qualche
cosa,
84
in merito a tutto il discorso, quello integrale, dove
proprio l'ho dato tutto,

lo sfogo a parlarti del Mostro, di chi, cosa, quando …

… e poi questo è il Luverat, ove si parla solo di

Luverat, e soltanto quello,

tra pokerini, birra e miele …

A me, ti giuro, Dante e Boccaccio con quei sonetti la,

m'han rotto il cazzo …

Riprenditi, che giuro il falso e il vero,

sappi con chi hai a che fare, "Sempre",

o almeno così il Demone di Luce ti direbbe.

E poi comunque … fottiti, anzi … vabè lasciamo stare

va …

Anzi, se hai tempo, se non lo hai ancora conosciuto,

diciamo,

Bhè se hai tempo, leggiti "Il Mio Caos in Versi" … li

il Mostro ce lo trovi proprio tutto …

E ricorda, forse ti sei dimenticato, ma questo è il

Luverat, dove si parla di pura cenere.

In Ode a Venere, in ode a Bacco,

in ode a Luverat, soprattutto,

in ode al Demone di Luce di sicuro.

Il Mostro? Il mostro qui è già entrato troppo.

D'altronde Luverat, e Satana stesso insieme a lui,

spingeva per terminarlo, per farne un avanzo,

di Lui, del Mostro, e di tutto l'Orrore Narratovi da Mr.

Opz …

Quivi, Luce, Luverat, Satana e Lucifero,

ti bruciano.

"E il Mostro?"

So che stai per chiederlo, prima che chiudo: il mostro

è orrido,
vive soltanto per darti fine,
il volto infondo è orrido,
il tuo ghigno è diventato uno sguardo pavido,
pensavi di sapere tutto sul Diavolo,
e non sapevi nulla nemmeno sul Mostro,
come direbbe Luce: "Nato e rimarrà nelle Tenebre".
… Non che Luce … Il Demone, sì, insomma, il
Demone di Luce,
Non ch'egli non s'intenda, lui, di Tenebre …
… più senz'altro se ne intende di qualsiasi mostro,
senza vedere tanto sangue che si assorbe solo con gli
occhi,
sapendo d'esser di fronte ad uno scenario vero,
dove non ha nulla a che fare il teatro,
il cinema, i libri, le canzoni con o senza contratto.
Tu … riapriresti il dibattito, s'avessi udito un Grido
mio del Passato,
nel tuo torace.
E c'è un Demone che ti direbbe: "Ricordalo! …
fanne, comunque, monito …"
Mentre un altro non saprebbe infondo che risponderti.
Non ti risponderebbe nemmeno, perché non esiste, a
questi punti.
Dicono che le spose si facciano attendere,
dicono che attenda Luverat, lo dice certa gente,
dicono che nascerà un giorno un'altra Luce, una
femmina,
una donna, figlia del Demone di Luce, chiamata Luce

di nome proprio. Come fu in tal modo Luce, il
Demone possessore del Monotono.
Qualcuno si trastulla con l'horror, qualcuno si
impicca,
qualcuno si trastulla con il rap, sta in fissa con li rap,
ci sbrocca con il rap.
Il rap m'ha fatto già sbroccare più e più volte, ciò è
per quanto mi riguarda.
Io mentre vado in un verso,
sto dietro ad un motivo
che soltanto io sento.
Puttana Eva, a volte mi tengono il tempo,
88
pure le boiate che dice la televisione.
E non c'è verso, non ha da venire,
non direbbe altro, e non ha nulla da dire,
nemmeno l'avrebbe, se potesse,
nemmeno dopo che ha visto un mostro
che infondo, ha la presunzione di sentirsi una Fenice,
sente che dovrebbe poter risorgere.
Cose che nemmeno un Demone, nemmeno Satana …
… almeno … ciò è per quanto riguarda Luverat,
ciò è per quanto riguarda Luce,
ciò che Luverat "dice in giro" di Satana.
E vi posso assicurare, che Luverat è come l'Avvocato
del Diavolo,
sebbene spazio ai cavilli legali di tal Demonio, ne
abbia poi meno.

…

e ...
e, per Diana,
non so cosa pensare in questo momento.
Vien da dire che … va bè dai, lasciamo stare …
Mi sono reso or ora conto
che son bastati pochi giorni per stupirmi,
ben meno che quelli che ho impiegato per lerciarmi.
Ma so già che infondo alla fine ce ne vorranno di più
… ne sono più che certo.
Insomma sì … ho dato meno spazio al mio orrido,
anche all'horror …
… ma il discorso è che in tempi non sospetti,
ho dato qualcosa di davvero brutto, orrido.
Mi sono sentito anche male a rileggerlo,
consapevole che quel monologo contiene discorsi che
capirebbe giusto solo uno zombi.
E visioni d'orrore che solo il Mostro …
Un carnefice, in gran parte, inventato in un libro dopo
un punto, che non esiste.
Com'è possibile? Cosa non torna?
Sembra che il momento più degno d'esser ricordato in
futuro,
sia quello del tempo meglio speso,
non quello del tempo vissuto più a lungo,
anzi, forse vanno ricordati entrambe.
Almeno da avere un monito, qualcosa grazie al quale
pensare in avanti.
Sì poi i moniti comunque neanche sono una
consolazione … di fronte ad errori megalitici …

… magari anche di fronte agli orrori più carnefici.
Sta di fatto che, puttana Eva,
Mi sento come se avessi visto le Stelle
in queste sere,
e non so ancora che cosa cambierà da ora in poi,
nel bivio c'è anche la possibilità reale e concreta
che sia niente.
D'altronde le stelle si vedono tutte le sere …
… perdono, tutte le notti.
Finite le storie più amare,
l'istinto rimane sempre selvaggio,
il Cristo, rimane in un quadro su una Croce.
Penso già a domattina, quando dovrò far qualcosa,
anche se ancora non so bene cosa …
Già so che anche domani, forse, dovrò imbattermi
nella sfortuna.
Il Mondo, adesso come adesso, mi sa di Caos,
mi sembra lasciato totalmente al Caso …
… sono due nomi per un solo personaggio, infondo …
Non che poi, io vi trovi qualcosa di particolarmente
interessante nel fatto,
anzi, mi pare quasi logico e monotono …
Il Luverat, ora Dorme, si occupa della sua Fine.

E questo è il finale del Libro senza nome …
… e fra delle altre cose, è una cosa fatta perché:
ci piace scrivere, giocare con le parole.
Descrivere ogni cosa andando pur sempre a finire in
quel dove.
Non parleremo poi, della sua suocera zombi, quella
che …
… che manco li vede i tramonti,
come te, come me … come io, sì … io.
Se non altro il mio ego, il mio io.
Ho pestato, pestato come se io fossi un oggetto di
marmo,
in una conca di pietra ancora più dura, un mortaio.
Ho tagliato carni umane con le mie mani di pietra.
e non importa, cosa ricordo o non ricordo,
non del tutto, non per ora …
… per ora ci sono io … dopotutto …
Ho colto un frutto nero e sì molto maturo,ò … o.o
senza il dire, nemmeno fosse poi divenuto un quadro
in stile
cubista …
Poi ho veduto a volte nell'horror,
e ho trovato lo sgomento di quasi tutto il pubblico …
benché pubblico non ve ne sia manco mai forse stato
…
… a parte "forse" qualche fantasma.
… se pubblico ve n'è mai stato, a parte me …
… e qualche demone …
Io, io ho parlato di Mostri … ho parlato dei Mostri,

del Mostro, come fosse nel finale vero del Mio Caos
in Versi …
Occorreva desse un tacito plauso … all'annegare da
sé stesso,
i suoi Orrori, terrori, paure.
E ho dato vita ad il mio caos in versi, cose in stile file.
Se non altro, ci vedi il discorso fatto ad uno zombi.
Uno di quelli nella vita forse vera, forse immaginata
da uno che
è un Demone di Luce nello scrivere, delle cose in sé
per sé, senza che mai, mi sia il diplomato in Albania,
lo dicono tutti, come un aereo in avaria.
Noi avevamo un amico albanese, uno dei pochi,
e … lo Stato lo ha mandato via …
… ma infondo io sono un cazzo di demone,
e infondo penso a me, che sono un italiano infondo,
e dall'Italia per ora dicono che, nessuno cerca di
mandarmi via.
Semmai, ho sentito dire di gente italiana che
dall'Italia è andata via …
… oh … sì … come ha fatto quel mio amico venendo
qui dall'Albania.
E non, non parlatemi mai più di alcun complotto,
tanto, s'è (se è) ben concepito e costruito,
forse, non saprei nemmeno mai accorgermene
nemmeno io … che sono complottista;
… oddio … non fosse che io di paranoia ci sono
andato ormai più che sotto … tra un pezzo di amanita
muscaria ed uno di erba più che italica, quasi direi

Francese, manco e come a XX Miglia,
in un confine fra due nazioni in un continente in cui le
nazioni non esistono quasi più.
E non v'è Satanasso o Satana stesso,
che potesse pensare non fosse giusto il suo perdono. Il
perdono di sé stesso.
Ma rimase perplesso, quando si trovò di fronte al
cammino medesimo suo stesso:
al proprio cammino …
a quello, se vuoi, del proprio ego.
E quindi, quindi non vi fu più pietra smossa …
Ad indurlo nelle sue note più sanguinose e crude …
… ma fu che dopo il buio apparve la luce …
… uscì anche una somma di demone, nell'indurre sì
proprio sé stesso nel dubbio .
… e rimanendo un buono che agnostico.
Dicendo cose che drastiche è dire poche …
… e non sono un laureato, e nel dubbio …
… ho deciso soltanto di dire delle cose …
… ho deciso di fare dell'horror …
… e non sono state soltanto rime mute ….
… mute come quelle Note …
… che il Luverat donò un giorno alle Muse …
… e rime non perdute … nel diario del demone di
luce …
… rimanendo in quel dubbio … che non vi sono già
certe cose future …
… rimanendo nel dubbio … che qualcuno possa
ancora leggerle le note …

… come se fosse uno zombi …
… e non avesse più che leggerle e capirle le cose …
… e il demone di Luce rimarrà in quel dubbio …
… in quel modo di vedere le cose …
… provò a dare la sua personale Luce …
… per sconfigger di tenebre, ma solo le proprie …
… e non avrà più dubbio … se non quello di quelle
cose …
… narrate in un caos in versi … che sa di troppe
visioni contorte …
… fra il parlare con uno o più zombi … e di non tirare
le cuoia …
… di narrar di visione d'orrore … per menti che
sanno cos'è il confine con l'arte …
… come a dire che forse le Muse …
… potrebbero vincere le guerre, sì,
… gli affari di Ares …
… ma si rimarrà nel dubbio,
che se ne occuperà di nuovo Plutone,
… sì sia esso Ade, Satana … o che so io … Morte …
Ed è dunque il lungo finale del Luverat,
che rimarrà nel dubbio …
… di darsi ad una filosofica lettura,
fatta da un rapper amante dell'horror …
… che non ha che dire sul Mondo …
Se non che ha tutto un dubbio …
… un dubbio che sa di caos … come di caos e caso sa
il mondo.
Voglio solo aggiunger che:

Vallanzasca stesso direbbe che per sceglier lui stesso
come un mito bisognerebbe esser dei bei deficienti,
lui s'è fatto quarant'anni di galera, direbbe.
Ciò è solo per farmi riflettere ancor più che per farvi
riflettere, a me, autore, poeta d'orrore, scrittore.
Un "Andate al Diavolo" sarà il mio qui saluto. □

Il Libro senza nome, finale secondo …
Questo, dunque, potrebbe essere il finale se pensavi
che vincesse il Mostro …
… dopo tutto questo …
Io, sì, ho dato voce ad il poeta d'oltre orrore …
… ma ho precisato che a volte è giusto anche tacere,
pensare ad altro, non soltanto all'orrore …
… e ricorda che: c'è quello Finto … poi se ci ragioni
… quello vero …
… nel dubbio qualcuno un giorno mi ha detto
"accelera" … io l'ho pure preso per buono per più di
un minuto … e sono ancora qua … a raccontartela …
Bhè, se pensavi il mostro avesse da vincere … è
spiegato già nel caos in versi.
Non v'è mostro che non si possa sconfiggere,
figurarsi, nemmeno fra i demoni.
Infondo l'Orda di Luverat ha avuto un buon tocco.
Ha saputo dire basta all'orrore, ha fatto luce nel caos
più torpido.
Nel dubbio …
La morale, se questa fosse una favola, è una:
"Non uccidere nessuno, e mai … perlomeno non sul
serio … al limite, raggiungi ogni limite con uno
scritto horror … "
E basta.
Oserei dire "punto".
Quindi trova da te, il cammino per te stesso più giusto
…
Quindi scusa ora se mi dilungo, ma vorrei concludere

il discorso in modo che tu …

Ci resti anche un po' di stucco …

Ricordi quel giorni in cui ti trovasti di fronte ad un orco della Corte del Re di Picche?!

Bhè, potresti ringraziare anche il Dio che sia andata così …

… ringraziare che il Re di Picche fosse solo un cantastorie dell'Orrido.

Perché tu, sì, proprio tu, (ma anche io e tutti gli altri)…

Tu … avresti potuto incappare in un vero e proprio Moloch.

Con tutta la sua Corte di sangue … ovviamente.

Dove comanda un Mostro.

E non ci sono più le favole.

Qualcosa di peggio che incappare in un Demone.

I Finali più Luvgariotici:
Il Luvgariotismo è una specie di filosofia basata
sull'agnosticismo fra mito e realtà.
Concetti, dubbi, perplessità …
… confusione, smile □ , cose senza un senso ma
davvero azzeccate (come questa.)
Potrei farti godere con un coltello da cucina, potrei
farlo con un coltello di puro spirito e tu potresti non
sentire che un piacere che ti pervade la vulva o
vagina.

I Saluti del Demone di Luce *(che non è Lucifero, in questo libro almeno)***:**
Ogni sera qui all'Inferno si da una festa:
ci si da dentro con tutto ciò che ci resta.
A metà serata, poi,
torturiamo, vandalizziamo, violentiamo, bastoniamo
in tutti i modi un laido nazista, lo colmiamo di vivido
dolore.
Lo spirito, l'anima di qualche mostro …
In linea di massima, poi noi, lo facciamo offrendolo in
sacrificio al Luvgar, Arcidemone di Luce o al
dannatissimo Luverat.
Lersoche, rimangon da lui parole ben poche.
Lerosche: attira sugli umani corpi mosche.
Ma è di Luvgar, che parla il finale più Luvgariotico,
Luvgariota.

Golem, more, fantasmi et gargoyle:
Luvgar, Re dei Gargoyles e delle Statue tutte.
Cuore di Pietra.
Un'idra con facce di ungulato che lo costringe ad un
Golem senz'anima alcuna, senza psiche.
Un Golem mosso da un artefatto nel cranio pieno e
colmo di inconsapevolezza.
Il fantasma di quella mora di bosco troverà pace.
Fine.

La novella era troppo dura, un mio TRIP
mentale su Hitler.

Uccidere:
Occorrerebbe un enorme Moloch, ove uccidere chi ha
già ucciso.
Senza che vi sia popolo eletto o non tale
che possa permettersi di far ad altri il male.
Ode al Suicidio.

Il Grido Muto (parte II)
Potresti sentire un grido nel tuo torace,
delle grida mute;
potrebbe esser perché in quell'istante
ti sta sbranando il Demone di Luce.
Ode a Luvgar.

Messaggio al Pc:
Ciao! Mi sto facendo un viaggio assurdo, sarà che
sono 8 giorni che fumo hash tutti i giorni.
Senti, il discorso è che mi sto chiedendo se tu capisci
quello che scrivo …
… sì, insomma, magari tu sei in grado di leggere su
Word, come sto facendo io, che ci scrivo.
Sai, mentre scrivi stai leggendo …
… Dannato! Me lo stavo soltanto chiedendo …
… quasi fossi un antenato dei robot traduttori di
lingue intergalattiche,
quelli che capiscono l'italiano, l'inglese … il
dizionario.
Ma probabilmente tu non capisci …
… forse non capirebbe nemmeno lui, sarebbe solo
programmato per parlare,
per sapere milioni di lettere coi loro suoni, di saperle
mettere insieme,
112
roba che manco i più dannati merli indiani, o i
pappagalli …
… roba che quei robot ne sanno più che i professoroni
…
Dannati! Pc del cazzo, in ambienti da cannati,
provinciali ma metropolitani.
Una roba, che se vuoi, se hai i soldi quanto basta,
se vuoi ti muovi.
Se invece stai coi barboni,
bhè lì, se ci riesci, vai in giro pure senza il biglietto di

autobus e treno,
ma sai, con sta vita dopo un po' si finisce male,
secondo me,
sempre a dormire fra le strade, le panchine e le
stazioni.
Roba da persone sfortunate … o clochard per
decisione.
Pc, mai tu potrai scrivermi su Word … non puoi
manco darti quel comando.
Non potrai mai rispondermi.
Ma forse tu davvero mi stai capendo.
Forse voi altri tutti, avete sempre capito tutto.
Vivete in un oblio interiore fatto solo di
comunicazione in codice binario,
con altri pc connessi alla rete di Internet.
L'unico contatto fisico è con il mio dito,
dannato pipistrello. O polpastrello?!?

Io non sono nessuno:
Io non sono nessuno
sono e sono stato soltanto
un cittadino italiano ignoto.
Non ho qualcuno,
non mi ama nessuno.
Sono il Demone dell'Universo Infinito,
sono l'Arcidemonio dell'Oblio,
il Demone del Caos.
Io nemanco esisto,
nemanco mai sono esistito.
Neppure esisteranno, forse,
per me i posteri,
in caso finisca il Mondo prima.
Non sono nessuno, questo è quanto.
Sussurro musiche
ed ho dimenticato il rimpianto
ed il pianto.
Sono già morto,
fra le braccia e la falce di Morte.

Fine.

9 788867 512676